Un long dimanche de fiançailles

FichesdeLecture.com

Un long dimanche de fiançailles (Fiche de lecture)

I. L'AUTEUR

Sébastien Japrisot est né à Marseille en 1931, son véritable nom est Jean-Baptiste Rossil. Alors qu'il est encore à la Sorbonne, il publie son premier roman : « Les Mal Partis », il n'a que dix-huit ans. Cette œuvre connaît un succès en France malgré les protestations de l'Église et un énorme succès aux États-Unis. Il reçoit en 1966, lors de sa réédition le prix de l'Unanimité.

Il devient concepteur et chef de publicité et publie « Compartiment tueurs et Piège pour Cendrillon ». Il obtient le Grand Prix de Littérature Policière et rencontre un grand succès auprès du public. Puis il publie « La Dame dans l'auto avec des lunettes et un fusil » qui devient le Best Crime novel en Grande-Bretagne.

Il écrit « L'Été meurtrier » et obtient le Prix des Deux Magots en 1978 et le César de la meilleure adaptation cinématographique en 1984. À partir de ce moment, tous ses livres sont portés à l'écran. En 1986 il publie « La Passion des femmes ». Il meurt en 2003, à l'âge de 71 ans.

II. L'ŒUVRE

« Un long dimanche de fiançailles » est un roman publié en septembre 1991 aux éditions Denoël. Il reçoit le Prix Interallié la même année. Il s'agit un récit fictif ayant pour toile de fond la première guerre mondiale. L'auteur a effectué plusieurs recherches pour alimenter son œuvre.

Le livre a été adapté au cinéma par Jean-Pierre Jeunet et le scénariste Guillaume Laurant en 2003.

III. RÉSUMÉ DU ROMAN

Le récit commence par la description d'une soirée de janvier 1917. Cinq soldats, blessés bravant la boue et la neige sont conduits à la tranchée Bingo Crépuscule. On apprend que ces soldats sont condamnés à mort pour mutilation volontaire. La Grande guerre n'en finit plus et ils se sont blessés volontairement pour quitter cet enfer. Le conseil de guerre les a condamnés à mort pour l'exemple.

Cette première partie est construite sous de forme de correspondances entre les soldats set leurs familles. Le narrateur décrit la vie que menaient Kleber Bouquet, Francis Geignard, Benoit Notre-Dame, Ange Bassignano et Jean Etchevery dit Manech avant la guerre. Ils viennent des quatre coins de la France et étaient paysans, artisans et pensaient tous que la guerre n'allait durer que quelques mois.

À Bingo Crépuscule, l'ordre a été donné de jeter les cinq hommes dans la tranchée de la mort, le no man's land entre les tranchées allemandes et françaises sans défense et sous le feu ennemi. Ils vont tenter durant un jour et une nuit de survivre. Parmi eux, le plus jeune s'appelle Jean, dit Manech, le Bleuet, il n'a pas encore fêté ses 20 ans.

Nous sommes deux ans plus tard, Mathilde, une jeune fille en fauteuil roulant qui vit dans une villa près de Cap-Breton se prépare à rendre visite au capitaine Esperanza. Ce dernier va mourir et c'est lui qui a conduit les cinq condamnés à mort en janvier 1917. Le récit est présenté plusieurs fois sous forme de flash back et de passages épistolaires. Esperanza lui raconte ce qu'il s'est passé et lui donne plusieurs documents lui permettant de débuter une enquête sur la mort de son fiancé.

Enfant, Mathilde fait la connaissance de Manech, ils grandissent ensemble, devenus inséparables ils s'aiment passionnément. Pupille de la nation, il part au front en 1917. Il se montre courageux mais la vie dans les tranchées lui devient insupportable, il s'automutile pour être démobilisé.

Mathilde qui refuse de croire à sa mort mène son enquête, elle veut savoir dans quelles circonstances Manech est mort. Elle se rend à Paris, envoie des lettres partout et passe une annonce dans le journal pour obtenir des renseignements sur la tranchée de Bingo Crépuscule.

Elle découvre l'horreur de la guerre et les conditions de vies inhumaines dans les tranchées. Elle reconstitue la vie d'avant guerre des cinq soldats, et comprend pourquoi ils ont tous voulu quitter l'enfer des tranchées. L'amour que Mathilde porte à Manech est plus fort que tout, elle sacrifie ses jours et beaucoup d'argent pour connaître la vérité.

Son enquête maintient son espoir de revoir un jour Manech vivant. À force de ténacité et de courage, elle découvre qu'un des condamnés a survécu au no man's land et qu'il a échangé ses identifications militaires et peut-être celles de Manech pour se faire passer pour mort. Il aurait emmené Manech jusqu'à l'hôpital de Combles, mais le bâtiment a été attaqué.

Mathilde ne sait plus, elle espère et continue son enquête. Manech amnésique vit sous l'identité de Jean Desrochelles, il vit avec Juliette Desrochelles, sa mère adoptive depuis 7 ans. Mathilde le retrouve, il ne la reconnaît pas mais qu'importe il est vivant.

IV. ÉTUDE DES PERSONNAGES

Mathilde

Au début du récit, Mathilde a 19 ans, elle est handicapée et vit avec Sylvain et Bénedicte. Ils sont au service de la famille Donnay, s'occupent de Mathilde. Ils vivent dans la villa de vacances de la famille Donnay à Cap-Breton.

Elle est obstinée et a une détermination à toute épreuve, elle est persuadée que Manech est encore vivant et se rattache au fil qui la retient à son fiancé. « *Il restait ce fil (...) Mathilde l'a saisi. Elle le tient encore. Il la guide dans le labyrinthe d'où Manech n'est pas revenu. Quand il est rompu, elle le renoue. Jamais elle ne se décourage. Plus le temps passe, plus sa confiance s'affermit, et son attention. Et puis, Mathilde est d'heureuse nature. Elle se dit que si ce fil ne la ramène pas à son amant, tant pis, ce n'est pas grave, elle pourra toujours se pendre avec* ».

Tout au long du récit, elle fait preuve de beaucoup de courage face à la découverte de l'atrocité de la guerre et des tranchées. Elle rencontre plusieurs personnes qui la guident vers la vérité. Il y a beaucoup d'échanges de lettres dans le récit.

Son enquête aboutit lors du témoignage de l'un des cinq condamnés, le paysan de la Dordogne. Il a sauvé Manech mais il ne sait pas où il se trouve. La jeune fille du début grandit au cours du récit et devient une femme à la fin du livre. Elle retrouve Manech un dimanche qui ne la reconnaît pas, mais il est vivant et elle est heureuse.

Elle incarne toutes les familles qui au lendemain de la guerre ont refusé de croire à la mort de leur proche. Elle représente toutes ces jeunes femmes qui ont perdu leur fiancé, leur jeune mari pendant la guerre et se retrouvent déjà veuves, les veuves blanches.

Mathilde est une héroïne atypique, de par son physique, elle est handicapée et donc limitée dans ses mouvements. Et pourtant au cours du récit, son caractère l'emporte sur son état de santé, le lecteur oublie qu'elle est dans un fauteuil roulant.

Manech

Son véritable nom est Jean Etchevery. Il représente tous les jeunes garçons qui ont été envoyés pour combattre dans les tranchées. Trop jeunes ou encore trop innocents, ils sont encore moins préparés que les autres soldats pour cette boucherie. Une grande partie est choquée par ce qu'ils vivent.

L'état de santé dans lequel se trouve Manech à la fin du récit rappelle l'épisode de l'amnésique de Rodez, un soldat trouvé errant en gare de Lyon-Brotteaux. Ce soldat inconnu devient alors le fils, le frère ou encore le mari de familles, qui croient reconnaître en lui un de leur proche disparue pendant la guerre.

Sébastien Japrisot s'est inspiré de faits réels, il y a eu des centaines de soldats amnésiques. Des hommes restés choqués par les déflagrations d'obus, ou encore devenus fous face à tant d'horreur. Après la guerre, les asiles sont pleins de soldats amnésiques.

V. AXES DE LECTURE

Une fiction historique

Un roman historique est un roman qui a pour toile de fond un ou plusieurs épisodes de l'Histoire. Ici le récit a pour toile de fond, la première guerre mondiale, il nous décrit l'atrocité de la guerre mais surtout les tranchées. La grande guerre fut la plus meurtrière, au cours des premiers mois de guerre, les pertes se comptent à plus de 300 000 morts français d'août à novembre 1914. À partir de novembre 1914, la guerre de mouvement laisse place à la guerre de position ou guerre de tranchée.

Le front est constitué de deux systèmes de tranchées parallèles qui vont de la frontière suisse jusqu'à la Mer du Nord. De 1915 à 1917, chaque camp tente de rompre le front par des offensives. En 1916, c'est la bataille de Verdun, les pertes sont immenses, 162 400 morts pour la France, 143 000 morts pour l'Allemagne.

Puis il y a la bataille de la Somme qui se solde par un échec franco-britannique, on dénombre 420 000 Britanniques, 500 000 Allemands et 100 000 Français morts. L'année 1917 est marquée par l'entrée en guerre des États-Unis et le retrait russe. Mais il y a aussi des mutineries, des grèves, une crise morale et politique. L'armistice est finalement signé le 11 novembre 1918.

Les automutilations pour échapper à la mort

Ce contexte inédit de violence de guerre a poussé certains soldats à des actes d'automutilation pour échapper à l'horreur des guerres de tranchée et à une mort certaine. D'autres ont choisi la fuite, la désertion ou encore le refus de combattre. Face à la multiplication de ces attitudes, des conseils de guerre spéciaux ont été créés pour sanctionner les soldats accusés.

Les médecins surveillent les blessures de la main gauche et des pieds, car ce sont les blessures principales des soldats qui s'automutilent. Le lâchage de condamnés à mort dans le « No man's land » a véritablement existé, ces soldats étaient aussi être mis en première ligne.

Le 10 septembre 1914, six blessés de la main gauche sont présumés « auteurs de mutilations Volontaires », ils sont jugés et condamnés à mort le 17 septembre, pour « abandon de poste en présence de l'ennemi ».

Les conseils de guerre spéciaux jugent essentiellement des cas d'auto-mutilation, de désertion, de refus de monter au combat. De septembre 1914 à juin 1918, ils prononcent 2400 condamnations à mort qui se traduisent par 600 exécutions immédiates dont 180 dans les trois premiers mois de la guerre.

Plusieurs parlementaires, notamment le député Paul Meunier, demande l'abandon des conseils de guerre spéciaux à partir de 1916. Le recours à la grâce du Président de la République Poincaré devient systématique et le nombre de condamnés à mort diminue. Après la guerre, tout est mis en œuvre pour réhabiliter des fusillés pour l'exemple.

Les conditions de vie dans les tranchées

La Grande guerre est tristement célèbre pour avoir été une drôle de guerre, avec l'apparition de la guerre de position. Le front est constitué de deux systèmes de tranchées parallèles qui vont de la frontière suisse jusqu'à la Mer du Nord. Les conditions de vie dans les tranchées sont inhumaines, elles sont reliées entre elles par des « boyaux » où stagne l'eau fétide, la boue glaciale et les détritus de la vie quotidienne.

L'odeur est insupportable, les rats et les poux sont omniprésents. Les soldats chassent le rongeur pour survivre car le froid et la pluie sont son quotidien. La nourriture manque et arrive froide. Le courrier est souvent censuré. Toutes ces raisons participent à affecter le moral des troupes qui restent de longues périodes inactifs. Enfin les attaques contribuent à la perte de beaucoup de camarades-soldats.

Un roman d'amour

Il est question de plusieurs formes d'amour dans le livre, l'amour maternel, fraternel mais le principal reste celui que Mathilde porte à Manech et vice versa. La jeune femme handicapée puise toute son énergie dans cet amour passionnel. Elle a l'intuition que son amant n'est pas mort comme on le lui a rapporté. Entre eux il existe un lien tellement puissant que s'il était mort, elle le saurait.

Le jour de l'armistice, trois cent mille corps sont portés disparus. À l'instar de Mathilde de nombreuses familles de disparus refusent de croire à la mort de leur proche. Beaucoup publient des annonces de recherche dans les grands quotidiens et les journaux de combattants.

Mathilde s'acrroche à son espoir de toutes ses forces et mène une enquête digne d'un roman policier. Mais sa quête est beaucoup plus profonde, elle y sacrifie son temps, son argent, tout. Elle ne se fatigue jamais d'écrire pour obtenir des renseignements sur la maudite tranchée où Manech serait mort.

L'abondance des lettres dans le récit fait aussi de l'œuvre un roman épistolaire. Le courrier entre les soldats et les familles était parfois censuré ce qui les poussait à adopter des codes, comme le paysan de la Dordogne le fait avec sa femme.

Elle rencontre beaucoup de personnes au cours son parcours pour la recherche de la vérité. Elle connaît la vie et les secrets des autres soldats qui ont partagé le destin tragique de Manech. Mathilde partage la douleur des familles endeuillées et des jeunes femmes qui souhaitent épouser leur fiancé décédé.

Obstinée, elle traque et recueille beaucoup d'informations et de mensonges. Elle démêle le faux du vrai car elle sait au fond d'elle que Manech a survécu. Plus elle trouve d'indices, plus elle a l'impression de se rapprocher de lui même si parfois elle perd espoir.

Malgré ce qu'elle découvre, l'atrocité de la guerre et des tranchées, elle ne se décourage pas, elle continue sa quête. Ses recherches deviennent leurs fiançailles. Au fur et à mesure du récit elle reconstitue l'itinéraire de Manech et finit par le retrouver. Il est amnésique et vit sous l'identité de Jean Desrochelles, il vit avec Juliette Desrochelles, sa mère adoptive depuis 7 ans.

Dans la même collection en numérique

Les Misérables
Le messager d'Athènes
Candide
L'Etranger
Rhinocéros
Antigone
Le père Goriot
La Peste
Balzac et la petite tailleuse chinoise
Le Roi Arthur
L'Avare
Pierre et Jean
L'Homme qui a séduit le soleil
Alcools
L'Affaire Caïus
La gloire de mon père
L'Ordinatueur
Le médecin malgré lui
La rivière à l'envers - Tomek
Le Journal d'Anne Frank
Le monde perdu
Le royaume de Kensuké
Un Sac De Billes
Baby-sitter blues
Le fantôme de maître Guillemin
Trois contes
Kamo, l'agence Babel
Le Garçon en pyjama rayé
Les Contemplations

Escadrille 80

Inconnu à cette adresse

La controverse de Valladolid

Les Vilains petits canards

Une partie de campagne

Cahier d'un retour au pays natal

Dora Bruder

L'Enfant et la rivière

Moderato Cantabile

Alice au pays des merveilles

Le faucon déniché

Une vie

Chronique des Indiens Guayaki

Je voudrais que quelqu'un m'attende quelque part

La nuit de Valognes

Œdipe

Disparition Programmée

Education européenne

L'auberge rouge

L'Illiade

Le voyage de Monsieur Perrichon

Lucrèce Borgia

Paul et Virginie

Ursule Mirouët

Discours sur les fondements de l'inégalité

L'adversaire

La petite Fadette

La prochaine fois

Le blé en herbe

Le Mystère de la Chambre Jaune

Les Hauts des Hurlevent

Les perses

Mondo et autres histoires

Vingt mille lieues sous les mers

99 francs

Arria Marcella

Chante Luna

Emile, ou de l'éducation
Histoires extraordinaires
L'homme invisible
La bibliothécaire
La cicatrice
La croix des pauvres
La fille du capitaine
Le Crime de l'Orient-Express
Le Faucon malté
Le hussard sur le toit
Le Livre dont vous êtes la victime
Les cinq écus de Bretagne
No pasarán, le jeu
Quand j'avais cinq ans je m'ai tué
Si tu veux être mon amie
Tristan et Iseult
Une bouteille dans la mer de Gaza
Cent ans de solitude
Contes à l'envers
Contes et nouvelles en vers
Dalva
Jean de Florette
L'homme qui voulait être heureux
L'île mystérieuse
La Dame aux camélias
La petite sirène
La planète des singes
La Religieuse
1984 A l'Ouest rien de nouveau
Aliocha
Andromaque
Au bonheur des dames
Bel ami
Bérénice
Caligula
Cannibale
Carmen

Chronique d'une mort annoncée
Contes des frères Grimm
Cyrano de Bergerac
Des souris et des hommes
Deux ans de vacances
Dom Juan
Electre
En attendant Godot
Enfance
Eugénie Grandet
Fahrenheit 451
Fin de partie
Frankenstein
Gargantua
Germinal
Hamlet
Horace
Huis Clos
Jacques le fataliste
Jane Eyre
Knock
L'homme qui rit
La Bête humaine
La Cantatrice Chauve
La chartreuse de Parme
La cousine Bette
La Curée
La Farce de Maitre Pathelin
La ferme des animaux
La guerre de Troie n'aura pas lieu
La leçon
La Machine Infernale
La métamorphose
La mort du roi Tsongor
La nuit des temps
La nuit du renard
La Parure

La peau de chagrin

La Petite Fille de Monsieur Linh

La Photo qui tue

La Plage d'Ostende

La princesse de Clèves

La promesse de l'aube

La Vénus d'Ille

La vie devant soi

L'alchimiste

L'Amant

L'Ami retrouvé

L'appel de la forêt

L'assassin habite au 21

L'assommoir

L'attentat

L'attrape-coeurs

Le Bal

Le Barbier de Séville

Le Bourgeois Gentilhomme

Le Capitaine Fracasse

Le chat noir

Le chien des Baskerville

Le Cid

Le Colonel Chabert

Le Comte de Monte-Cristo

Le dernier jour d'un condamné

Le diable au corps

Le Grand Meaulnes

Le Grand Troupeau

Le Horla

Le jeu de l'amour et du hasard

Le Joueur d'échecs

Le Lion

Le liseur

Le malade imaginaire

Le Mariage de Figaro

Le meilleur des mondes

Le Monde comme il va

Le Parfum

Le Passeur

Le Petit Prince

Le pianiste

Le Prince

Le Roman de la momie

Le Roman de Renart

Le Rouge et le Noir

Le Soleil des Scortas

Le Tartuffe

Le vieux qui lisait des romans d'amour

L'Ecole des Femmes

L'Ecume Des Jours

Les Bonnes

Les Caprices de Marianne

Les cerfs-volants de Kaboul

Les contes de la Bécasse

Les dix petits nègres

Les femmes savantes

Les fourberies de Scapin

Les Justes

Les Lettres Persanes

Les liaisons dangereuses

Les Métamorphoses

Les Mouches

Les Trois mousquetaires

L'étrange cas du Dr Jekyll et de Mr Hyde

L'Ile Au Trésor

L'île des esclaves

L'illusion comique

L'Ingénu

L'Odyssée

L'Ombre du vent

Lorenzaccio

Madame Bovary

Manon Lescaut

Micromégas

Mon ami Frédéric

Mon bel oranger

Nana

Ne tirez pas sur l'oiseau moqueur

Notre-Dame de Paris

Oliver twist

On ne badine pas avec l'amour

Oscar et la dame rose

Pantagruel

Le Misanthrope

Perceval ou le conte du Graal

Phèdre

Ravage

Roméo et Juliette

Ruy Blas

Sa Majesté des Mouches

Si c'est un homme

Stupeur et tremblements

Supplément au voyage de Bougainville

Tanguy

Thérèse Desqueyroux

Thérèse Raquin

Ubu Roi

Un Barrage contre le Pacifique

Un long dimanche de fiançailles

Un secret

Vendredi ou la vie sauvage

Vipère au poing

Voyage au bout de la nuit

Voyage au centre de la terre

Yvain ou le Chevalier au lion

Zadig

À propos de la collection

La série FichesdeLecture.com offre des contenus éducatifs aux étudiants et aux professeurs tels que : des résumés, des analyses littéraires, des questionnaires et des commentaires sur la littérature moderne et classique. Nos documents sont prévus comme des compléments à la lecture des oeuvres originales et aide les étudiants à comprendre la littérature.

Fondé en 2001, notre site FichesdeLectures.com s'est développé très rapidement et propose désormais plus de 2500 documents directement téléchargeables en ligne, devenant ainsi le premier site d'analyses littéraires en ligne de langue française.

FichesdeLecture est partenaire du Ministère de l'Education du Luxembourg depuis 2009.

Plus d'informations sur www.fichesdelecture.com

Notes :